LE FACTEUR

Amarnath Hosany

Le Facteur

Illustrations de
Guillaume Clarisse

Les Editions Bartholdi

Les Editions Bartholdi

Publié par Les Editions Bartholdi
Cloverdale, Western Australia 6105

Texte © Amarnath Hosany 2014 - Île Maurice
Illustrations © Guillaume Clarisse - Île Maurice

Bibliothèque Nationale de l'Australie
Catalogage avant publication

Hosany, Amarnath
  Le facteur/ Amarnath Hosany/ Guillaume Clarisse
  978 0 646 93102 9

Dépôt légal : novembre 2014

ISBN 13 : 978-0-646-93102-9

Imprimé par CreateSpace - An Amazon.com Company
CreateSpace, Charleston SC
CreateSpace

A Véronique Leroi, partie rejoindre Francis au Paradis

et

A tous les facteurs, qui sont des hommes de lettres de premier ordre.

Amarnath Hosany

Dring ! Cling ! Cling ! Driiiing ! Ce concert de sonnettes de bicyclettes créait une ambiance de fête dans la cour du bureau de poste. En ce matin du 15 décembre, Parsad, le vieux facteur, sortit du bâtiment en pierre. D'un pas décidé, la sacoche en bandoulière, il commença sa journée de travail.

Cela faisait quelques années déjà que Parsad avait délaissé sa vieille bicyclette pour distribuer le courrier à pied. C'était plus pratique, car il n'y avait que quelques maisons à desservir dans le quartier.

Sa grosse moustache blanche et ses cheveux grisonnants mettaient en avant son visage joufflu et brûlé par le soleil d'été. L'heure de la retraite avait sonné. C'était même son dernier jour de travail effectif ; ce qui expliquait son humeur tantôt gaie, tantôt nostalgique. Trente-cinq années de bons et loyaux services à distribuer le courrier... et pas le moindre reproche de ses supérieurs !

Sorti de l'enceinte de la poste, il prit, un peu plus loin, le raccourci menant au morcellement résidentiel récemment aménagé, un quartier chic doté de toutes les facilités. Parsad préférait prendre ce chemin car il évitait l'autoroute.

De l'autre côté de la colline avoisinante, une forêt familièrement appelée *Karo Sapins* recouvrait la route d'une ombre fraîche. Tous se demandaient comment ces sapins pouvaient pousser dans un endroit aussi chaud. Parsad profita de leur présence pour se protéger des rayons du soleil. Le doux parfum de la nature lui chatouillait les narines.

Soudain, il vit une frêle silhouette émerger des arbres. Il reconnut sur le champ Ti José, le marchand de sapins saisonnier.

- Je vais voir comment se portent les sapins... Dans moins d'une semaine, je les mets sur le marché.

Ti José renchérit avec un sourire taquin :

- Je t'en réserve un, Parsad ?

Le vieux facteur répondit :

- Tu sais très bien que je n'y crois pas du tout. Le Père Noël ne s'occupe pas des pauvres. Pour moi, Noël, c'est la naissance du petit Jésus. Un point c'est tout !

-   Oui, Parsad, je sais. Tu me l'as souvent répété. Mais que faire ?
    A chacun son point de vue, et moi, je dois gagner ma vie. Allez,
    bonne route !

Parsad regarda s'éloigner Ti José, haussa les épaules et marmonna :

- C'est du business tout ça ! Les grands magasins font de bonnes affaires. Les pauvres ne font qu'admirer et soupirer. Le sapin... c'est un attrape-nigaud !

Quelques mètres plus loin, le visage de Parsad se crispa. A chaque fois qu'il passait devant *Karo Sapins*, le facteur était envahi d'une grande tristesse. Il ne pouvait s'imaginer que des gens puissent y vivre dans des cabanes en feuilles de tôle, qui tenaient à peine ensemble. A son affectation dans le quartier, le vieux facteur avait été témoin de l'arrivée de ces squatters sur les flancs de la colline : hommes, femmes et enfants travaillaient dur pour se construire un abri.

- Je me demande si les enfants qui habitent ici croient au Père Noël, se dit Parsad.

Au moment où il allait continuer sa tournée, une voix timide l'appela :

- *Misie fakter... Misie fakter !*
(Monsieur le facteur !)

Parsad se retourna et aperçut une fillette qui se tenait sous le flamboyant trônant sur le flanc de la colline. Paré de ses fleurs rouge vif, l'arbre majestueux rayonnait dans un paysage d'herbe jaunie et de buissons secs. La petite portait une robe en lambeaux et tenait une vieille poupée précieusement serrée contre sa poitrine. Son visage pâle et maigre était éclairé par un regard candide.

Le facteur lui sourit gentiment :

-   *Wi, mo tifi* (Oui, ma fille)

La petite fille le fixa, la bouche grande ouverte.

-   *Ou kapav anvoy enn let kot Bonom Noël pou mwa...* supplia-t-elle.
    (Pouvez-vous envoyer une lettre au Père Noël de ma part ?)

Parsad eut un pincement au cœur.

-   *Ki to pou demann Bonom Noël, mo tifi ?*
    (Que veux-tu demander au Père Noel, ma fille ?)

-   *Bann zouzou, gato, kart, rob.... Enn kantite zafer.*
    (Des jouets, des gâteaux, des cartes, des robes... Beaucoup de choses)

Le vieux facteur en eut les larmes aux yeux. Il prit la petite fille par la main et la raccompagna sous le grand flamboyant. Il s'installa sur l'herbe, sortit machinalement un carnet de sa sacoche et l'ouvrit. Il pointa sa plume sur la feuille blanche et commença à écrire :

Cher Père Noël...

Soudain, une brise s'éleva et caressa les joues de Parsad. Elle souffla légèrement entre les branches et les feuilles du flamboyant. Aussitôt, les pétales rouges tombèrent comme des confettis. Parsad et la petite fille restèrent éblouis devant ce spectacle surprenant ; ils échangèrent un sourire.

Puis, le facteur continua à écrire. Arrivé en bas de page, il leva la tête et demanda à la petite fille :

- *Kouma to apele ?*
  (Comment t'appelles-tu ?)

La fille répondit :

- Fifi !

- *Donn mwa nom bann lezot zenfan ki ress isi.*
  (Donne-moi les noms des autres enfants qui habitent ici), continua le vieux Parsad.

Quand il eut fini d'inscrire le nom de Fifi et ceux des autres enfants au bas de la lettre, il détacha la feuille de son carnet et la plia. Il l'introduisit dans une enveloppe trouvée dans sa sacoche. L'ayant scellée d'un coup de langue, il demanda :

- *To konn ladres Bonom Noël?*
  (Connais-tu l'adresse du Père Noël ?)

- Non ! fit-elle tristement.

Parsad secoua la tête et écrivit sur l'enveloppe : MONSIEUR LE PERE NOËL, LE PARADIS DES ENFANTS, LE CIEL.

Et au dos, il mit : FIFI ET LES ENFANTS DE KARO SAPINS.

Parsad glissa la précieuse enveloppe dans sa sacoche sous le regard plein d'espoir de la petite Fifi.

- *Pa trakass twa, mo tifi, mo pou poste to let kouma mo rantre ! Mo sir Bonom Noël pa pou tarde pou reponn twa !*
  (Ne t'en fais pas ma fille, je vais poster la lettre une fois rentré. Le Père Noël te répondra bien vite, j'en suis sûr !)

***

De retour au bureau, Parsad resta seul, les autres facteurs étant sur les routes plus tardivement en cette période de l'année. Dans quelques jours, il lui faudrait faire ses adieux au chef et aux collègues. Comme il appréhendait cet instant !

Une autre chose le tourmentait. Sa rencontre avec Fifi l'avait complètement bouleversé ; il ressentait à présent le besoin de *réaliser le rêve des enfants de Karo Sapins*. Mais où trouver tout cet argent ? se demanda le vieux facteur. L'allocation de pensionnaire ? Il ne la toucherait que bien plus tard.

C'est la tête encore remplie de toutes ces interrogations que Parsad prit congé. Il allait revoir tous ses collègues lors de la petite fête, organisée en son honneur, le 19 décembre à midi.

***

Appuyée contre le flamboyant, la main en visière, Fifi scrutait le sentier. Cela faisait une bonne demi-heure qu'elle attendait le facteur avec une impatience non dissimulée. Il n'allait sans doute pas tarder à apparaître dans son uniforme bleu et coiffé de sa casquette, sa sacoche en bandoulière. Parsad allait lui apporter la réponse du Père Noël, dont il était surement l'ami, se dit-elle.

Soudain, une voix sévère se fit entendre :

- *Fifi, al sers dilo olye to res narnye fer!*
(Fifi, va chercher de l'eau au lieu de rester là à rêver !)

C'était la mère de Fifi.

- *Mo vini la, mama, mo pe atann misie fakter !*
  (J'arrive, maman... j'attends le facteur !)

- *Fakter ? Ki to pe atann ek fakter ?Aret reve, mo tifi, personn na pa konn nou ladres. Kouma to le zot ekrir nou ! Ale vini, pa perdi letan !*
  (Le facteur ? Qu'attends-tu de lui ? Cesse de rêver, ma fille, personne ne connaît notre adresse. Comment veux-tu qu'on nous envoie des lettres ! Ne perds pas ton temps, viens !)

Fifi suivit sa mère d'un pas résigné. De toute façon, l'heure de la tournée du facteur était déjà passée.

***

Ce vendredi 19 décembre, à midi, tous les collègues de bureau étaient présents. Ils avaient entouré Parsad et le congratulaient. Or, le vieux facteur était perdu dans ses pensées ; il se demandait toujours comment trouver l'argent nécessaire pour acheter les jouets pour les enfants de *Karo Sapins*.

La porte s'ouvrit et le chef fit son entrée. Il se joignit à ceux présents et fit signe pour porter un toast. Le silence revint lorsqu'il prit la parole. Il fit l'éloge de Parsad. Devant tant de compliments, le futur retraité sentit son cœur s'emballer dans sa poitrine.

Lorsque le chef eut terminé son discours, il s'avança vers Parsad et lui remit une enveloppe :

- De la part de tous les membres du personnel, dit-il.

Ensuite, il invita Parsad à dire quelques mots. De plus en plus ému et la gorge serrée, le vieux facteur, après avoir hésité quelque peu, évoqua ses souvenirs et les moments passés au sein du service postal. Il prit, peu à peu, de l'assurance.

- J'ai quelque chose de très important à partager avec vous. J'ai perdu mes parents lorsque j'étais très jeune et la vie n'a pas été tendre envers moi.

Parsad continua sur le même ton :

- La fête de Noël approche et c'est supposé être la fête des enfants. Malheureusement, dans ce monde, le Père Noël semble trop souvent oublier les enfants pauvres.

Parsad garda, un moment, le silence avant de reprendre :

- Mon dernier jour de travail, j'ai vécu une rencontre particulière. Cela m'a beaucoup bouleversé. Cette rencontre, c'est celle d'un vieux facteur célibataire au seuil de la retraite et d'une petite fille dont l'avenir est incertain. C'est la rencontre d'une petite innocente qui croit encore au Père Noël et d'un vieux facteur qui n'a jamais cru en la magie de Noël. Cette petite fille a demandé au vieux facteur d'envoyer une lettre au Père Noël de sa part...

Personne ne bougea dans la petite salle. Parsad respira profondément et ajouta avec une pointe d'humour :

- C'est la preuve que le facteur est un homme de lettres de premier ordre.

Puis, le ton devint plus sérieux :

- Voilà, cette rencontre a amené le facteur qui ne croyait pas au Père Noël à jouer le rôle du Père Noël, cela afin d'apporter un peu de joie dans la vie de la petite fille et de ses amis de *Karo Sapins*. Des enfants sans identité et sans adresse qui ne verront sans doute jamais le facteur frapper à leur porte, mais qui croient dur comme fer que le Père Noël passera chez eux.

Parsad désigna l'enveloppe qu'il tenait précieusement entre ses mains.

- J'allais justement vous demander de m'aider à réaliser leurs rêves.

Mais je constate que ce n'est plus nécessaire, vous m'avez donné de quoi réussir. Je vous remercie du fond du cœur, les amis.

Parsad n'était pas au bout de ses surprises. Ses collègues, touchés par son histoire, insistèrent pour contribuer davantage. Le facteur resta ébahi devant la somme recueillie. Les larmes aux yeux, il proposa :

-   Voilà comment nous allons procéder... Je vais acheter des cartes, des jouets et des gâteaux. Je vais tout emballer et faire de sorte que tout passe officiellement par la poste, avec timbres et sceaux. Et c'est l'un de vous qui fera la distribution, car je serai déjà en congé de préretraite.

Tout le monde acquiesça. Bien plus tard, lorsque la fête fut terminée et que tout le monde eut pris congé, Parsad se retrouva seul. Il fit alors le tour des postes de travail du bureau.

Au milieu de ce silence inhabituel, on entendait le moindre bruit : le grincement du bois, le roucoulement des pigeons sur le toit, la plainte de la brise, le bruit des moteurs et des klaxons incessants des voitures filant sur l'autoroute.

Le regard de Parsad se posa sur sa vieille sacoche. Il jeta un coup d'œil à l'intérieur et trouva une enveloppe. C'était la lettre de Fifi, adressée au Père Noël. Parsad sourit :

-     Ne t'en fais pas, ma fille, le Père Noël a reçu ton message.

Sur ce, il prit l'enveloppe et se dirigea vers la boîte aux lettres, hésita un moment et la glissa à l'intérieur.

Le petit sentier qui serpentait entre les buissons se perdait à l'horizon. Fifi ne le quittait pas des yeux.

Depuis une demi-heure, la petite fille était installée sous le flamboyant, son cœur en attente. Elle s'était réveillée tôt le matin pour aider sa maman. Puis, elle s'est éclipsée sans rien dire à personne. Elle savait qu'on se moquerait d'elle si elle avouait qu'elle attendait le facteur.

Or, Fifi avait retrouvé espoir au moment même où elle avait rencontré le vieux facteur. Il était si gentil et il lui avait promis d'envoyer sa lettre au Père Noël. Fifi était persuadée qu'il le ferait. C'était comme si elle s'était adressée au Père Noël en personne.

Au tout début, Fifi restait cachée dans les buissons pour le voir passer. Elle se rappela ce que sa mère lui disait toujours :

-   *Zame pa koz ek bann etranze, to tende !*
    (N'adresse jamais la parole à un inconnu !)

Mais le facteur n'était pas un inconnu, puisque c'était son métier d'aller à la rencontre des gens et de leur apporter des messages... un peu comme le Père Noël, qui apporte des cadeaux aux enfants.

La ligne d'horizon commençait à devenir floue, tellement il faisait chaud.

Soudain, le cœur de Fifi bondit dans sa poitrine. Une silhouette bleue venait d'apparaître au loin. Sans perdre une seconde, Fifi s'élança, tête baissée. La bouche grande ouverte, le souffle coupé, la frêle silhouette emprunta, leste comme une gazelle, le sentier de terre aride.

Fifi s'arrêta subitement. Ce n'était pas lui. Celui qui se trouvait à quelques pas d'elle était jeune, grand et mince. Elle resta la bouche ouverte, mais son sourire disparut. D'une petite voix nouée, elle demanda :

-   *Lot missie fakter-la pa travay ?*
    (L'autre facteur n'est pas de service ?) demanda-t-elle anxieusement.

Le jeune facteur la regarda, tout surpris :

- *Me, mo tifi, lot fakter-la finn pran so pansion. Li finn aret travay. Mwa ki pe ranplas li aster.*
  (Tu sais, ma fille, l'autre facteur a pris sa retraite… c'est moi qui le remplace dorénavant.)

Fifi était au bord des larmes. Elle se retourna et s'éloigna lentement, le regard complètement perdu. Cette nouvelle venait de briser tout l'espoir qu'elle avait mis dans la venue du facteur. Ainsi, cette année encore, il n'y aurait pas de Père Noël, pas de jouets !

Tout à coup, la voix du jeune facteur retentit derrière Fifi. Elle se retourna comme un automate. L'homme lui souriait.

- *To mem sa tifi ki finn demann Parsad ekrir enn let Bonom Noel ? Pa trakas twa, mo tifi… li finn poste to let… Zot pou gagn zot kado pou Noel. Bonom Noel pou pase !*
  (C'est bien toi la petite fille qui a demandé à Parsad d'envoyer une lettre au Père Noël ? Ne t'en fais pas ! Il l'a fait et vous aurez vos cadeaux. Le Père Noël viendra !)

Les yeux de Fifi brillèrent de mille feux, son visage s'éclaira ; elle se jeta au cou du facteur et l'embrassa.

***

Samedi 20 décembre. Comme d'habitude, Parsad se leva tôt. Il habitait Triolet, village se trouvant au nord de l'île, à peu de distance de la capitale. Lorsqu'il était encore de service, Parsad faisait le trajet en autobus. Il descendait à la gare du Nord, le matin, et marchait pendant cinq minutes pour arriver au bureau de poste.

Mais ce matin-là, à neuf heures trente, les rues de Port-Louis grouillaient déjà de monde. Il n'y avait pas de place pour circuler. Il fallait, de temps à autre, slalomer entre les voitures en stationnement. Les marchands ambulants avaient assiégé les rues depuis des semaines déjà.

Au milieu de ce désordre et de ce brouhaha, Parsad se déplaçait d'un pas hésitant, observant tout autour de lui. Lui, qui était toujours indifférent à cette ambiance de fête, se retrouvait, du jour au lendemain, à porter un intérêt à ce qui se préparait pour Noël. Il en fut le premier surpris.

Parsad enjamba une petite voiture téléguidée - en pleine démonstration - sur le trottoir. Un peu plus loin, il évita de justesse une énorme grappe de ballons multicolores. Toutefois, il ne put esquiver une grosse boîte, portée par un homme pressé et qu'il reçut dans les côtes, ainsi qu'un ourson en peluche, reçu en plein visage. Au milieu des cris assourdissants des marchands, la bonne humeur régnait.

Il entra dans un premier magasin et suivit la longue file qui se déplaçait à pas de tortue entre les rayons bien achalandés.

Sur une étagère, une gamme de petites poupées, aux sourires radieux et aux parures attirantes, accueillit le vieux facteur. L'image de Fifi tenant sa vieille poupée lui revint en mémoire. Sans tarder, il choisit pour la fillette la plus belle d'entre elles.

Sur la droite, des centaines de véhicules miniatures attendaient sagement dans leurs emballages en plastique - de quoi émerveiller tous les petits garçons du monde. Le vieux facteur termina ses achats après une bonne heure et il sortit du magasin, les mains chargées de gros sacs.

***

Une fois rentré, Parsad entreprit l'emballage des cadeaux. Il avait choisi des enveloppes de couleur bleue et, dans chacune, il introduisit un petit jouet et une carte de Noël. Comme adresse, il écrivit *Karo Sapins*, La Colline !

***

L'ambiance était à la fête, en ce matin du 24 décembre, à *Karo Sapins*. Tous les enfants s'affairaient à un grand nettoyage, se débarrassant des détritus et autres débris logés dans tous les coins et recoins du quartier. Les mauvaises herbes qui bordaient les allées furent arrachées. Les adultes se regardaient, amusés par ce va-et-vient empressé. La propreté prenait graduellement le dessus.

Les enfants se donnèrent rendez-vous dans le bois de sapins à la sortie du village. Avec un même engouement, ils choisirent un grand arbre de Noël et allèrent le placer au milieu du village. Une heure après, l'arbre était orné des fleurs rouge vif provenant du flamboyant.

Ce même matin, Parsad passa au bureau. Il voulait à tout prix savoir si les cadeaux étaient parvenus à leurs destinataires. Le bureau était presque vide. Le seul officier de service au comptoir lui apprit que leur jeune collègue Farook le remplaçait désormais. D'ailleurs, celui-ci venait de commencer sa tournée. Parsad prit place dans un coin et attendit. Un petit sapin illuminait le fond de la pièce. Pour la toute première fois, Parsad s'intéressa de près à un arbre de Noël.

Il ne pouvait expliquer ce qu'il ressentait en cet instant-là. C'était magique ! Le parfum qui se dégageait de l'arbre lui fit revivre le sentiment qu'il avait à chaque fois qu'il s'abritait sous les grands arbres frais et accueillants de *Karo Sapins*.

Tout à coup, la porte s'ouvrit. Quelques officiers entrèrent, en même temps qu'une bouffée d'air chaud et des rumeurs provenant de la rue. Les premiers venaient de finaliser leurs achats et étaient tout joyeux. Leurs yeux brillaient étrangement. Parsad avait vu la même lueur dans les yeux de Fifi. Ainsi, Noël détenait ce pouvoir de redonner un cœur d'enfant à tout le monde !

Il était déjà onze heures et on allait fermer à midi. Des facteurs, ayant fini leurs tournées, firent leur apparition, les sacoches vides. Ils se regroupèrent autour de Parsad et la conversation s'anima. Parsad, lui, s'impatientait.

Midi moins le quart... Mais que faisait donc Farook ?

Parsad était au comble de l'énervement. Le bureau se vidait à nouveau, on s'échangeait des vœux :

- Joyeux Noël, Parsad, et bonne année !

- Joyeux Noël à vous aussi.... Amusez-vous bien !

Parsad était sur le point de s'en aller quand Farook fit son entrée, l'air épuisé.

- Bon Dieu, quel boulot pour un 24 décembre, dit-il. J'ai dû me munir de deux sacoches additionnelles !

Puis, voyant Parsad, il ajouta en souriant :

- Ne vous en faites pas, Parsad, le travail a été fait. Les enfants ont reçu leurs cadeaux. Je n'ai jamais vu autant de joie de toute ma vie.

Parsad jubilait.

- Dites, vous avez été vraiment généreux ! A voir les papiers d'emballage rouges aux couleurs du Père Noël et les vœux écrits en lettres d'or ! Où avez-vous acheté ces merveilles ? demanda Farook.

Parsad redevint sérieux tout à coup :

- Des emballages rouges, dis-tu ?

- Oui… et des bleues aussi. Mais les rouges n'avaient rien de comparable aux bleues, tant par leurs dimensions que par leur qualité !

Parsad se demandait d'où pouvaient venir ces paquets rouges. Il finit par conclure que c'était l'œuvre désintéressée de certains de ses collègues.

La pendule sonnait midi. Parsad salua Farook et sortit. La satisfaction se lisait sur son visage. Les enfants de *Karo Sapins* étaient heureux et allaient passer un très beau Noël. Le vieux facteur, perdu dans ses pensées, heurta quelqu'un dans la foule.

Il leva les yeux et vit un gros visage tout souriant. Les yeux qui croisèrent les siens étaient bleus ; le visage rouge, enjolivé d'une grosse barbe blanche.

- Alors, on ne croit toujours pas au Père Noël ? lui dit l'inconnu d'une voix chantante.

Parsad prit un long moment pour comprendre ce qui se passait. Lorsqu'il tenta enfin de chercher le Père Noël dans la foule, celui-ci avait disparu !

***

Ce 25 décembre, à *Karo Sapins*, les surprises se multipliaient. Des camions vinrent débarquer des provisions. Les habitants de ce coin perdu, plus particulièrement les enfants, furent des plus heureux.

Et à Triolet, seul dans sa petite maison, un facteur à la retraite venait de découvrir pour la première fois la fête de Noël... et sa magie.

Fin

Du même auteur, dans la même collection - Contes en Fêtes

Le Flamboyant - Bartholdi Editions

Tian, petit garçon vivant dans un quartier défavorisé, est fasciné par les flamboyants.Son école organise un concours de costumes de Père Noël et Tian demande à sa mère d'y participer.

Hélas, voilà que leur costume disparaît mystérieusement, le jour de la remise des prix, un 23 décembre !

Qui a bien pu le prendre ?

Diyas, les lampes éternelles - Bartholdi Editions

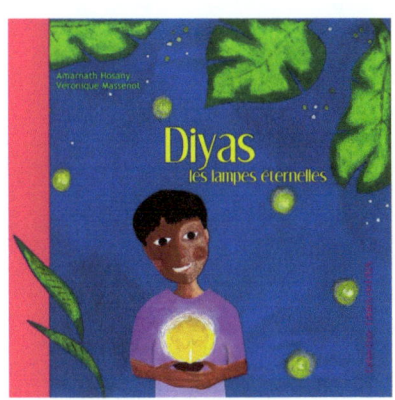

La venue sur le marché des guirlandes électriques a obligé Ramu à abandonner la confection des « diyas », ces petites lampes de terre, pour s'adonner à la culture des légumes.

Son ami Vévé et lui s'attendent à une belle récolte. Ramu est doublement heureux, car sa femme attend un bébé et la fête de « Divali » approche.

Mais voilà qu'un cyclonne vient tout dévaster, plongeant le malheureux Ramu dans le désespoir.

Et si, à la veille de « Divali », un miracle avait lieu ?